KB168865

우리 시대 현대시조 100인선 96

겨울풀

박 옥 위

태학사

우리 시대 현대시조 100인선 96

겨울풀

초판 인쇄 2006년 7월 4일 • 초판 발행 2006년 7월 6일 • 지은이 박옥
위 • 펴낸이 지현구 • 펴낸곳 태학사 • 주소 경기도 파주시 교하읍 문
발리 파주출판도시 498-8 • 전화 (031) 955-7580 (代) • 팩스 (031) 955-
955-0910 • e-mail thaehak4@chol.com • http://www.태학사.com • 등록
제406-2006-00008호

ISBN 89-5966-083-3   04810 • ISBN 89-7626-507-6 (세트)

성파문학상을 받고 (1995)
왼쪽 앞 줄부터 양원식, 초정김상옥, 남편, 본인, 성파스님, 이문형, 김상훈, 최우림 시인

부산문학상을 받고 (2005)
맨 아래 왼쪽에서부터 전탁, 선용, 최상윤, 박정선, 본인, 김상훈, 정현숙, 정해송, 이해웅 시인

이영도문학상 시상식에서 (2005. 11. 18)
백수선생님과 오승철시인(이호우문학상 수상자)과 함께

남편, 송영명(서양화가) 첫 개인전에서 막내하고 (1983)

차례

제1부 겨울풀

제2부 얼룩

제3부 마른 꽃 기침하다

제4부 고래를 끌고 오는 남자

제1부 겨울풀

플룻을 듣다

플룻이 내 그리움의 세포를 채울 동안
구멍을 빠져나간 공기는 안전하다
나비는 포물선을 그리며 빛을 쏟아내고 있다
앞치마에 손을 닦고 식탁에 와 앉는다
책장을 넘기고 미끄러져 간 하루해
이윽고 한때의 폭풍우가
나를 흠뻑 적신다.

가을 화랑에서

가을꽃 한 아름을 안아 돌확에 놓았더니
향기가 뒤따라와 그 자리를 넓히고
보고픈 얼굴이 가만히 겹쳐
눈을 잠시 감았다.

몇 점 화폭들이 가을 생각에 잠기는 동안
들국화 억새풀, 속 터진 석류 그 시린 별과 사랑
저 마다 제 숨결을 익혀
가을 소리 정갈하다.

풍경 속 초막사립 살폿 밀고 들어가
마른 장작 한 단을 풀어 군불지피고 싶은 저녁
가랑비 자욱한 재를
지금 누가 넘어오시나.

소금쟁이

아 허방 허방이니라. 네 발의 움켜쥔
한 평 땅 움켜쥔 네 소유도 허방이니라
소유란 가벼운 두발로 물위를 걷는 법.

겨울풀

풀들이 주저앉아 겨울 해를 당긴다
더 키를 낮추고 몸을 도사린 채
양지에 납작 엎드려 삼동을 읊고 있다

버릴 건 다 버리고 줄일 건 다 줄인 채
부드러운 흙에다 전신을 펴 붙이고
저 땅 속 포근한 소식에 귀마저 내려놓다

마르지 않는 풀은 토박이 근성이다
겨울을 건너가는 풀들의 작은 몸짓
발 붙여 살아온 터를 온몸으로 감싼다.

폭포 · 7
―어떤 詩作

불같은 시어(詩語)하나 잘근잘근 씹다가
절벽에 미끄러져 좌르르르 쏟는 사이
파다닥 거슬러 오르는
저 산천어의
잠행(潛行).

토종 씨 심기

널 만나기 위하여 너를 땅에 묻었다
흙 이불 덮어주고 자장가를 불렀다
눈떠라 그리운 이름 내 가슴의 이름아

찾아오라 네 이름 사무치게 외며 외며
내 든든한 자존심 고향의 푸른 하늘
이름도 바꿀 수 없는 부드러운 나의 속살.

자명종

내 꿈의 깊은 정수리를 치는
방자함이여
누가 영원속의 일각을 멈추게 하랴
이 새벽
출발을 위한
네 파열음은
아름답다.

잠을 수 없음이여
그대 떠나는 이 아침
일만 간장 무너짐을
은밀히 부여잡고
가슴을 찢어발기는
절규를
네가 운다.

연꽃

꽃피어 돌아오다 명성황후 맑은 혼령
조선의 젖은 먼 길 휘이휘이 찾아와서
꽃 등을 켜들고 선다
모국의 길을 밝혀.

암각화*와 달

나무도 살을 벼리는 겨울의 한 가운데
예리한 단검 하나 창공에 걸리었다
구석기 사내가 벼리다 둔 올곧은 눈썹 한 쪽

원초의 노래는 주술처럼 시작되고
미개한 꿈의 넋이 빗살무늬로 살아날 때
등 푸른 물고기 꽃 비늘 파닥이다 사라진다

태초의 호명이 바람소리로 일어나
젊은 피 강은 짙푸러 푸른 역사가 시작되면
거짓을 모르는 해는 하는 높이 솟았다

밤의 동굴 속에 안온한 숲이 있어
다수운 등을 기대 긴 어둠을 보낼 적에
그 사람 청동 빛 그리움을 달로 띄워 놓던가

사내가 수렵을 떠나면 수(數)세기를 하는 아낙
호피에 누인 아이 그 튼튼한 샅 밑으로
물은 또 줄기차게 흐르고 흙은 또 굳어갔다

낮과 밤 그 철저한 순리를 길들이며
혹독한 자연의 담금질 맨살로 견딘 끝에
기쁨과 아픔의 날들은 돌문서로 기록되고

꺼져 돌아간 흔적 우리도 답습할 뿐
달은 떠 천년의 말 새겨듣다 공전하고
든든한 사내의 고함이 기슭에 와 잠긴다

돌도끼 화살촉에 예리한 각을 일구며
해와 달 별 물고기 사슴 새 씨앗 열매
아가의 숨결도 새겨 넣고 그는 손을 놓았다

문명의 씨알 하나 잉태된 그 수렵기
돌칼에 찍힌 짐승 그 불같은 대결 앞에
아가야, 삶은 투쟁이다. 끌질한 암벽원판

오천 년 거슬러도 눈빛 변치 않았다
뜨거운 오감은 살아 활시위를 떠나고
풋풋이 살아온 기쁨 한 다발이 선연하다

쓰린 상처의 수렵시대 그 혼불로 일어서는
사내들의 결의는 순금같이 단단하다
수억 년 살아온 숨소리 야성의 별을 본다

문득 강바람 일고 빛이 쓸려 내려간다
삶의 족적 더듬어 갈 한 시대의 밀서 앞에서
사라진 본성을 찾아 탁본 한 장 뜨고 싶다

* 경남 울산시 울주군 대곡리에 있는 선사시대 암각화.

조화 그 근처

거짓이 솜사탕처럼 감미로운 이 시대
우아해진 미녀가 화면에 떠오른다
잘 피운 조화 한 송이 이슬 달고 웃는데

코스모스가 봄에 피면 순수를 잃는 걸까
고정관념을 벗어난 이 한 송이의 반란 앞에
나는 왜 이방인같이 우두커니 서 있나

유전자 배합 복제양이 조로했다는 뒷소식
가증할 도전 앞에 무너지는 천년 질서
던지어 쌓이는 빈 껍질 발밑이 어둡구나

고요 · 4
―삶

바늘구멍 사진기 속 먼지들이 춤을 춘다
아우성을 치면서 몸부림을 치면서
빛 속에 조명되는 삶, 한때를 엿보다

무수한 먼지의 입자들 사이에는
익명의 분자들이 공존하며 살고 있다
호명에 응답하면서 삶이 한결 분주하다.

흔들리는 구도
－제1차 남북회담을 시청하며

머리카락 끝에 닿는 칼날 같은 이 교신
지금은 소강상태 터지는 저 조명탄
잠 못 든 휘파람새의
혼을 깎는 저 소리.

닿지 못하는 수신기의 불협화음
불면의 언어들이 행성처럼 돌고 있다
누군가 안경을 닦고 있다
손수건이 너무 희다.

꾀꼬리

열두모 귀 깎은 수정
쏟아 놓은 오월햇살

몇 소절 맑은 음표
살아있는 이 환희를

그러럼
네 푸른 하늘에
카랑한
울음소리.

겨울 연밭 · 6
－명성황후를 생각함

굳은 심지 유연한 예감의 이 우듬지

찾아가리라 절며절며 조선의 그 먼 길을

마침내 눈물 뿌리며 꽃등을 펴드나니.

그 날 푸른 노래 그윽하던 연대(年代)에

분홍빛 소망으로 피어나던 의지여

조선의 앞뜰을 밝혀 돌아오라 맥(脈)이여

은전(銀錢)을 세다

―공해

지금 어둔 시공으로 물같이 스며들어
음모의 날도(刀)을 가는
거대한 이 그림자

배신자
가리웃 유다의 손!

은전을
세고 있다.

돌 확(確)에 심은 수련

낡아진 돌 확(確)에 수련 한 분(盆) 옮겼더니
동그만 이파리를 물위로 떠올린다
소행성(小行星) 그리움의 터에 하얀 발을 내딛다

유월 아침 꽃잎 벙근 분홍빛 수련 송이
세월의 몇 고비를 아스라히 넘어서서
빈 뜨락 깊은 정적에 고요의 등을 켜나

눈감고 눈뜸이 그리움이라 말하던가
자궁으로 회귀하는 낡은 꽃대 위에서
한 마리 고추잠자리, 겹눈 닦기 바쁘다.

신선한 바람의 살갗 한 접시

달팽이가 아욱 잎을 소리 없이 갉아먹다
구멍 송송 뚫린 이파리의 기쁨이란
참 순한 벌레 한 마리 기르는 한 순간.

신선한 바람의 살갗이 아른거리는
여린 푸새 한 접시에 젓가락이 오간다
참 착한 우리가족들 늦은 저녁 식사시간.

꽃과 성자

들꽃 속에서 나오는 성자를 봅니다
들꽃 속으로 들어가는 성자를 봅니다
꽃들은 성자를 바라보고
빙긋이 웃습니다

자랑 않고 피는 법을 들꽃은 압니다
밟혀도 꽃 피우는 들꽃은 압니다
성자도 들꽃 바라보며
빙긋이 웃습니다.

제2부 얼룩

얼룩

씻어도
손 때가 가지 않는 얼룩을
비벼보고 말려보고
오만 짓거릴 다하다가
비로소
속 그림자임을
깨닫는
이
미망(迷妄)

모란 · 1

청갑사 빛 오월 뜰에
영랑과 속삭이다.

삼백예순 닷새의
비밀한 문을 여는

모란은
오월의 기쁨
불꽃같은 그리움

모란 · 2

긴 날 실꾸리에 감겨있던 내 노래

그리움의 색실이 현악기를 긋는 사이

눈부신
비단 꽃댕기
금 새 풀려 흩어지는.

지리산 가는 길

간혹 대숲이 짙은 곳
길 따라 패랭이꽃

고마운 초록들판
잘도 자란 벼 포기

예쯤은
큰 형님 같은
그런 분이 살겠다

낮은 언덕엔 토종꿀도 치면서
더덕 도라지 희고 푸른 꽃도 피우면서
말수가 적은 형님 같은
그런 분이 살겠다

이때쯤 여린 콩잎
풋고추 된장을 찌고
열무김치 호박나물
냉수 곁들여 내는 점심

큰형님 자근자근한
사투리도 들리겠다

금강초롱을 만나

초가을 금정산에서
금강초롱을 만나다

아, 얼마만인가
책 속에서 널 만난 후

내 꿈속
그리운 날에
방울소리를 내던 꽃

비밀한 품을 가진 금정능선가까이
금강초롱 순한 너를 내 맘에다 부비고
어둡던 눈도 부비며 새 날 빛을 보겠다

널 만나 나도 이 밤 고웁게 젖을 까봐
보랏빛 여린 살에
가을달이 내릴 때
사랑도
꽃물이 베어
그리움만 짙어라.

휘방폭포 · 2
— 변신

물도 물길을 만나 유연히 흐르다가
절망 같은 절벽에서 뛰어내려야한다
하얗게 뛰어내릴만하다
변신은 능력이다.

얼음기둥으로 우뚝 서 보았는가
하얗게 휘어져도 쌓여가는 결빙의 층
투명한 사고의 편린이다
눈부신 반란이다.

청(清)

난 잎 새에 실바람이
옷고름을 풉니다

가야금 현을 퉁기면
달빛마저 정적인데

저 만큼 빈 마음속을
누가 걸어옵니다.

수묵화 그 여백에
피리소리 베어나면

장지문 저 밖에서
눈을 뜨는 흰 국화꽃

기다린 세월의 앙금
바람 끝이 시립니다

홍옥[*]을 닦으며

웃자란 그리움은
오월 강을 흘렀지요

사노라 잊었더니
호젓한 이 시월에

한 낱 알 스스로이 익어
여기 돌아옵니다.

* 홍옥: 사과 품종의 하나.

춤

가냘픈 란 허리에 한줄기 실바람이
옷고름 길게 서린 설움 고이 풀어내고
허공을 버선발로 마르며 한을 접고 펼친다

모으다 뿌리친 염 하늘빛도 푸르르고
비껴 친 한삼 자락 어둔 벽도 허물으리
한생의 수레를 따라 문을 여는 기원이여

어깨를 들썩이며 근심 하나쯤 저어내면
새하얀 비단너울 살을 푸는 까치소리
슬픈 그 연의 매듭을 마디마디 풀으리.

매미

이레를 울고 말걸
더 푸르게 울어야지

작은 그 몸매야
울음소리에 닳겠네

한더위 능선을 가르는
시원한 저 소나기.

청포도

봄부터 울어쌓던
뒷산수풀 산새울음

칠팔월 한더위에
창대 같은 소나기

그중에
별빛 먹은 꿈만
조로롱
꿰었구나

나비의 꿈

덩기덩 조선의 하늘로 살풋 날아올라
오월의 유채 밭을 춤추는 노랑나비
은 빛깔 가얏고 소리는 명치를 울립니다

하나의점인 것을 울음으로 문을 연
하늘만한 산고여 이슬 베던 풀 언저리
어머니, 가뭇한 내 생애 나래 옷은 있나요

볼썽 궂은 애벌레 적 부비 대는 배냇짓
아슴아슴 연초록빛 꿈도 함께 갉습니다
포화 속 덜미 잡히던 그 악몽을 벗어나.

절기 중 꽃망울 사춘(思春)의 꽃 여울
빛살들이 난무하는 긴 강의 흐름 끝에
눈뜨는 아픔을 닦으며 내 꿈 당겨봅니다

한잠을 돌아눕고 금줄도 둘러놓고
맑은 날 바람 속에 허물도 벗어 걸고
푸른 벌 여명 속에서 눈뜨는 나의 날개

아, 청명 점지한날 여린 실핏줄 떨립니다
물먹은 생명주에 그리움의 수를 놓아
어머니, 내 삶의 첫 날개 눈부시게 폅니다.

춘향각 춘향이 심정을 알랴

광한루에도 이몽룡 이 도령이 없더라
춘향이는 하얗게 질려 벽에 박혀 있고
춘향각 소나무만 푸러 아예 고갤 숙였다

춘향아, 단장한 채 벽에 서있지 마라
네 도령 돌아오길 기다리지 말아라
대숲이 안쓰러워하며 겨울바람을 막고 섰다

춘향아 너도 없고 이 도령도 어딜 갔나
젊은 부부 한 쌍이 기웃대며 들어와서
우물을 들여다보듯 광한루를 보고 간다

편지

갈 숲이 시를 읊는 저문 가을강에서
그대 보내온 낡은 편지를 펼치면
강물은 별을 불러내며
잔결로 출렁댄다

낡은 글귀를 따라가다 강나루에 앉으면
수수꽃다리 향내로 다가오는 이야기
젊은 날 네 그리움이
수초처럼 자라있다.

겨울밤
－정운의 시를 읊다

작설차 한잔 두고 시의 이랑을 헤쳐 가면
지나던 구름송이 흰 자락이 젖어온다
기억이 풀린 자리에 임 생각이 맑아온다

코신 한 켤레 달빛 아래 희디흰데
쪽 머리 참 빗질하던 차디찬 겨울밤
옛 생각 하얀 나비 떼 밤새워 날아든다

불이 되지 못하는 삶의 젖은 구비 구비
가시덤불 길 따라 이슬 같은 시를 놓아
혼자서 헤쳐 가는 글 숲, 깊은 밤을 헤매다

어둠 속 먼 먼 길 빛 하나 타고 있다
임의 등불인가 꺼지지 않는 저 화톳불
지금도 글 숲의 이랑에 새봄이 오고 있다.

가을 길

정운의 옛집을 돌아 가을 차도를 걸었다
아직도 남아 있는 낡은 슬라브지붕 위
노랗게 익은 모과가 눈에 밟혀 아리다

문화가 있는 거리에 그 집을 살려두고
오며가며 마음도 쉬어갈 순 없는 걸까
애일당 유서 깊은 이름 살려 낼 순 없는 걸까

은행잎이 노랗게 지는 온천동을 걸으며
정운의 시나 한 수 가슴으로 외고 가는
가을은 쓸쓸도 하다. 이 거리를 지나면.

새

내 사유의 바다까지
밑밥을 놓아두고

찌를 바라보는
가슴은 처절하다

삼행시 행간을 입질하는
무수한 잠언들.

간석지를 떠난
수만 새 떼들의 비상

예각의 울음들이
한순간 사라질 때

절망과 접해있는 핵이
노을 속에 떠오른다.

깊은 어둠이다
살얼음 낀 강은 깊다

적멸을 불사르고
몸 추스르는 새벽 새

이제 막 미망을 벗고
비상을 시도하다.

부추꽃
—생명

생명은 애시당초 그의 권한이었다
퍼런 목숨이 베어지고 긴 혀가 잘리어도
생명은 밑씨 한 알로
제 이름을
증거한다

부추꽃 · 4
―생명

바람이
그 머리채를 움켜쥐고 있는 동안

무수히 잘려나간
긴 혀들이 잘리더니

목젖만
꿈틀꿈틀대며
꽃대 들고
올라온다.

남원고을엔 춘향아씨가 있다
―겨울광한루

광한루 초입부터 눈 온다 춘향이 온다
판소리 열두 마장에 흰눈분분 비낀 오후
남원 골 성 춘향아씨 마중오니 웬일이오

오작교는 돌다린가 갈 가마긴 어디갔나
명작은 지고지순의 꽃 하나 피워내기
춘향이 결 고운사랑 수련꽃이 피겠다

단아한 기품과 홍안 우아한 한 폭 고전
퇴색한 광한루는 하얀 눈꽃 쌓이는데
눈꽃은 춘향이 마음 하염없이 피고 있다

어사출두요! 환청인가 함박눈이 퍼 붓는다
혼쭐난 변 사또 눈발 아래 꿇었는데
소복한 춘향의 단심가 온 고을에 쌓이누나

춘향제 지내는 날은 춘향인 많고 많다
사라질 연대에도 사랑은 아름다워
그네 줄 줄을 굴리며 만고춘향 태어나라.

시절은 앞서가고 생각은 집을 짓다
변해버린 세상일을 저도 어찌 알까마는
춘향각 문 앞 소나무도 잔등이 굽어간다.

결식자

무채색의 행렬이
그림자처럼 흐물대다

그들은 말이 없다
말할 입이 없으므로

지독한
시장기에 재갈물린 구멍,

해는 코를 골고 있다.

제3부 마른 꽃 기침하다

모란 · 3

오월, 참숯불로 타오르는 꽃모란
그윽하다 눈물 뿌리고 지고 마는 사랑아
아직도 푸르게 돋는
나의 말은 어쩌랴

조명(照明)

나의 침묵은 긍정과 허무를 공유한다
꿈꾸는 그대여 미로에서 깨어나라
새로운 조명이 필요하다
저 편견의 늪은.

마른 꽃 기침하다

촉촉하던 입술을 아예 다문 여인이
거울을 앞에 둔 채 마른 손을 잡고 있다
그믐달 사위는 미소가 덧니처럼 빛났다.

화가는 그를 불러 캔버스에 앉혀놓고
열일곱 앳된 날의 입술을 열어준다
바스락 삭지 못한 꿈이 마른기침을 뱉는다

기억의 미로는 어디까지 이어 졌나
멎었던 하모니카 그 음결이 들려올까
마른 귀 해살 쪽으로 이미 기울어져있다

겨울 섬진강

차창 밖 섬진강은 그림같이 고요하다
드러난 모래톱 수척한 강 너울에
네 생각 한 귀퉁이가 까닭 없이 젖어든다

붉은 놀이 풍경을 가볍게 물들이고
죽지 하얀 새 한 마리 그림인 듯 서 있는데
일없이 나도 여기 내려 머무르고 싶으다

강은 질펀히 흐르고 가쁜 삶도 흐르는 것
생각의 생솔가지 물에 젖어 퍼런데
열사흘 달은 떠올라 나는 말을 잃는다

말없는 강을 바라 차밭 가꾸며 사는 사람
이 겨울 한적(閑寂)을 시 쓰고 퉁소불고!
섬진강 재첩 국 맛이 맛들만도 하겠다

노도 같은 세파에 휩쓸려 갈지라도
순리처럼 도도히 흘러가라 이르는 강
수척한 앞산을 재워 말없이 흐른다.

나무의 침묵
－아들에게

사양(斜陽)이 수풀의 옆구리를 관통할 때
나무 정령이 설핏 허파 속에 틈입한다
온몸에 스며드는 침묵, 치환되는 이 기류

꽃가지가 손을 잡고 꿈길을 이루었다
침묵은 때로 꽃송이가 되느니
때때로 열매가 되어 탐스럽게 익느니

들어 보라 아들아 향기 속에 들리는 말
뿌리 깊은 나무가 슬픔을 이긴다고
우람한 그의 둥치도 한낱 씨앗이었지

가슴 속 나무하나 푸르게 키우렴
물, 바람, 숨결마저 자연스레 돌아오게
아들아, 나무처럼 살아 아름다운 오늘이다.

한 낱 씨가 견뎌온 침묵의 뿌리쯤에
아낌없이 길어 올린 수수한 나무 냄새
나무의 웃음이 순간 허파 속에 들어간다.

아름다운 늪
늪을 건너려네 더 깊이 빠져들며
무릎까지 가슴까지 가뭇이 빠져들 때
비로소 세상 하나가 늪 속에 일어선다

이름 없는 것들은 여린 눈을 더듬어
빛 쪽으로 귀를 틔며 허우적대고 있다
반디를 쫓던 유년을 살폿 건져 올리다

다그면 건너보라 절망의 어둠 속을
순 하디 순한 것들 여린 눈을 비비는
생명의 잔뿌리들이 어둠 뚫고 일어선다

삭아 내린 정적에도 가시연은 돋아나
적막한 시공들을 가시 둘러 에워싸고
마음을 꽃으로 피워 누가 늪을 건넌다

늪에 빠져 허우적여본 사람은 알고 있다
세상을 건너가는 속 씨의 가벼운 발
생명도 재가 되는 일가 겸허한 흔적을.

장독

아랫목에 정좌한 시모님의 뒷모습

동백기름 좌르르르
낭자머리의 어여쁨

갈 햇살
따끈히 벤 장맛
조선 맛이 감칠 맞다.

조등을 켜고
— 동반 투신사한 여중생을 애도함

방자한 시대의 날(刀)아래 꽃들이 떨어졌다
누군가 이승을 하직하고 떠나가는 순간이다
온 아침 조등을 켜들고 누군가 기도한다.
그 새벽은 무지개라며 소녀들이 떠나갔다
이승의 질긴 올을 싹둑 가위로 잘라내곤
하늘로 오르려는 꽃, 꽃은 나래가 있는가
방황의 바람꽃이 몸부림을 치는 사이
소녀들이 떠나간 길로 무지갠 뜨지 않고
누군가 무지개를 펴듯 조등을 켜든다.
강은 그저 흐르고 침묵만이 깊어있다
소실된 심장으론 새벽을 만날 수 없고
정답은 비껴난 역처럼 되돌아가지 못한다
생명을 연주하는 풀꽃을 보아라
이름만큼 조촐한 소망들을 모아놓고
한 송이 곱게 열어 가는, 겸손한 저 새벽을!

선인장

삶의
흔적은 때로
바늘로
꽂혀진다

시퍼런 심장은
오아시스를
꿈꾸는데

손톱 끝
용광로 끓어
화들짝
솟는
불꽃.

가을 목금 소리

기억의 낮은 음계를 목금채로 두드리면
오래된 목금은 가을 소리를 내지만
반음쯤 기울어진 음정
목이 잠겨 있었다

쑥부쟁이 꽃들이 열어가는 가을소리
기억의 음계를 딛고 누가 찾아오실까
수석에 물을 뿜으며
잊은 길을 더듬다

가벼운 목금 채에 감미롭게 불려나온
내소사 꽃살문 그 결처럼 말끔한
반쪽 달 기억의 길을
더듬어 오나보다.

다솔사(多率寺)의 늦가을

김동리의 등신불, 눈물 같은 그 이야기를
몇 대목 듣고 가는 남도의 늦가을은
단풍도 붉은 실핏줄이 온몸으로 퍼진다
천수경에 불려오는 가난한 이름들
흰옷 입은 사람들은 영혼처럼 말이 없고
와불은 누워서 천년 독경소리에 귀가 휜다
바늘구멍에 무명실을 눈물로 꿰어 살듯
다솔사 명부전에 고운 명(命)을 걸어놓고
돌아 본 산 빛이 온통 서럽도록 붉었다
둥둥둥 징을 울리며 만가도 부르면서
만장 같은 기를 올린 남도의 늦가을
열사흘 달이 떠올라 저린 맘을 딛고 간다.

풍경(風景)

방금 쓰러질 듯 초가 낡은 빈 집 앞을
시외버스 투덜투덜 먼지내며 지나간 뒤
반 남은 삽짝을 잡고 고추잠자리 기웃댄다
사는 사람 떠나가도 툇마루엔 볕살 들고
두어 개 남은 장독 먼지 속에 묻혀있고
그을린 아궁이엔 아직 따스한 말 묻어있다
우물가 뒤란에는 풋감 혼자 익어가고
돌각담 담쟁이도 심심해서 지치는데
봉숭아 혼자 우는소리 내 귀가 먹먹하다.

간지럼 타는 나무

고전을 들려주면 엽록소가 왕성해진다고,
비닐 집안에 아예 클래식을 틀어놓는
생명의 오묘한 영농법을 누가 시행 했다누만.

밑둥치를 살살 손바닥으로 문지르면
줄기 끝 잎 새가 춤을 춘다는 나무이야기
뿌리도 간지럼을 타서 발을 옹종거리겠네.

그래 우리 두꺼운 겉껍질 속에도
뽀송한 살갗 간지럼 타던 순수 있어
티 없이 맑은 것들은 그들끼리 한들대누.

누가 내 손바닥에 손도장을 찍었다
매끄러운 간지러움이 실핏줄을 타고 흘러
피라미 떠 내리던 방죽 풀잎까지 흔든다.

조춘

겨울 산 수묵화 속 물소리 듣는 사슴이
잔등의 꽃무늬를 다시 새겨 뜨는 저녁
첫 봄에 깨어난 햇살이 수바늘에 꽂힌다

나목의 부름켜가 상념들로 다져지고
하늬의 찬 숨결은 섭리인 듯 시린데
앞뜰의 목련꽃눈이 내일이면 피겠네

속마음 푸른 구근 양지 녘에 심어두고
이 겨울 칼바람에 이따금 물주면서
눈발 속 흰 매화 피는 기다림도 배우겠네

화선지 편 이 밤새 세필로 쓴 안부 한 장
북한강 얼음 풀리듯 고나 몇 겹 풀릴거나
맑아올 구비진강에서 은어 떼를 보겠네

영산암의 명자꽃

의상대사가 날려 보낸 종이 새 한 마리
부석사를 떠나올 때 흰 구름을 보았다
절 한 채 아담히 앉다 새가 앉은 그 터에

봉정사 영산암 낡아가는 절집 한 채
미음자 절집 간간 잿빛으로 삭는데
입춘 절 붉은 명자꽃 필 듯 말 듯 하였다

소담하게 앉은 절터 오미조밀 퇴청마루
문은 아예 닫혀있고 문지방도 휘었는데
스님이 비운 절간에 풍경이 경을 읊다

어쩌나 어쩌나 낡아 빈 절집 한 채
헌집 한 채 낡아지면 새 절 한 채 짓겠지만
낡은 절 빈 적막 속을 명자꽃만 울겠다

돌 보살

경주남산 후미진 산중턱거리에 이르면
바위를 깨고 앉은 돌 보살을 만나리라
종소리 서라벌을 울릴 제 홀연 사라진 그 아낙

가슴이 없는 여인 눈물도 가당찮지
딸아인 종소리 되고 지아빈 장승 되고
종성(鐘聲)에 불려간 천년을 화석으로 박혔다

에밀레 에밀레 종소리가 우는 밤낮
우러러볼 하늘 잃고 바위 속에 갇힌 몸을
남산은 쪽진 머리로 좌선하게 하였겠다

종소리 끝에 나앉아 어미 찾는 가스나이
가슴을 녹여버린 서라벌의 가스나이
비천상 하늘을 울린 종이 된 가스나야

막고 싶은 귀를 열고 네 울음을 들은 어미
동해바다 파도 속에 쏟아놓은 통곡소리
공글러, 공글러 목을 놓는 처렁처렁 파도소리

울어라 가스나야 종이 된 가스나야
이 땅과 하늘 끝을 아스라히 평정할 때
서라벌 천년역사는 꼭두서니빛 물이 든다.

비토섬의 첫 기억

너를 다 알기에는 나는 너무 멀리 있다
예감은 그리움의 푸른 현을 울리지만
갯벌만 넓은 갯벌만 몸짓처럼 질펀하다

누군가 푸성귀를 손질하는 밭이랑
검붉은 흙덩이가 갈햇살을 쬐고 있다
어눌한 평화가 거기 파처럼 자란다

언덕 밑 마을까지 보얗게 드러난 길로
우편함 싣고 가는 집배원의 자전거
바퀴에 가을햇살 실려 바다도 반짝인다.

바늘구멍사진기를 보다
―삶

소리 없이 틈입하고 있다 이 고요 속
빛살 한줄기에 드러난 나의 방황
피 흘린 속살을 싸매고 어둠 속에 서 있다.

먼지 또는 틈입자의 몸짓과 몸짓 사이
어둠 속을 방황하는 생각과 생각들
한 순간 조명되는 삶 몸부림치고 있다

입자와 입자들이 밀도를 유지할 동안
빛은 늘 제 의도를 굽히지 않는다
이윽고 거꾸로 선 허상, 그 초점에 서다.

견우(牽牛)에게

칠석날은 새 모시옷 갈아입고 오셔요
별빛가루 쏟아지는 한여름 은하 가에
아, 이제 그리움의 배를 두둥 띄워 보내리

그댈 만나는 꿈길이면 이 밤은 궁전이리
못 다한 이야기는 꽃이 되라 꽃이 되라
꽃 속에 묻힌 오늘은 눈물같이 내리는 비

분홍빛 깨끼적삼 결 고운 내 슬픔을
한 올씩 뽑아내어 베틀에 올린 밤은
설움도 무늬가 돋아 산과들에 꽃물 든다

사는 일 만 겹 파랑 흰 돛폭에 휘어지고
빈 뜨락 적막이 낙엽처럼 쌓이는 밤
풀벌레 울음소리에도 가슴에 금이 간다.

이제 우리 설움 풍란으로 피어나라
살풀이 흰 너울에 달이 뜨는 그리움도
거문고 여섯 줄에 실려 너울너울 돌아오라

은하수에 띄워 보낸 사십 년 그리움의 배
오늘도 빈 배 한척 흔들리며 돌아와도
밤마다 내 꿈속에는 까치 떼가 모여든다.

사진을 보다

슬픈 날 김수환 추기경의 사진을 바라본다
그저 눈물이 고여 볼을 타고 내린다
얽혀 진 인연의 줄이 신부님께 닿는 시간

오래 내 아픔을 미워하고 살아왔다
그것이 내 몸 인줄 이제야 깨닫고는
커버린 슬픔의 발을 내 가슴에 재운다

제4부 고래를 끌고 오는 남자

능금을 따면

한 알의 능금을 따내고 있으면
한철의 가을을
따내고 있는 생각
하나의 우주 속으로
떨어지는
저 휴식.

낮달

빛바랜 옛일 속에
펄럭이는 깃발 하나
기억의 샘가에서
마른 목을 축이더니
현란한 광채를 삭여
한생을 다시보다

날개

늘 떠나고 싶은 나의 방황은 비로소
날개 하나의 그리움을 소유하려 합니다
쫙 펴면
슬픔의 잔뿌리 까지
싸안을
사랑.

거울 · 4

그렇게 빈틈없이 다 내비친다 하여도
어림없다 내 속뜻을 다 밝히진 못 한다
걸어온 나의 행적이
비틀거리는
이 대낮.

진실이란 때로는 서푼짜리 냄비같이
쭈그러들진 않는다 깨어지는 파편같이
흩어진 조각조각마다
밝혀지는
그 언약.

고래를 끌고 오는 남자

눈 맑은 순한 남자가 섬이 되어 내게 왔다
내가 섬이었을 때 물결로 오던 남자
요즘은 고래를 좇아 파도를 끌고 온다.

때로는 고래를 타고 먼 바다를 휘도는지
푸하푸하 이빨고래가 물을 뿜는 그 소리
푸하하 한 대목은 꺾어, 쳐르르 쓸고 간다

세상의 고래타기 첩첩 산을 헤매다가
한바다를 신이 나게 달리기도 하였는지
아쉽게 돌려보낸 새벽 파도소리 자자든다.

밥

한 그릇의 당당한 밥, 그리운 김 서리다
푸수수 흩어지는 배고픈 자의 입김 같은
거리는 무채색이다, 올릴 깃발이 없다.

밤새 대숲바람도 몸부림쳐 울었기로
노동의 새벽마저 꿈이 되지 못한다.
낡아간 이력서 위엔 별이 뜨지 않는다

유리창 희게 핀 성애꽃 입김도 꽃이 폈다
구겨진 연대의 피는 그리움을 앓아 있고
따스한 국밥 한 그릇에 처진 어깨가 처진다.

어깨 움츠러든 그림자의 행렬들
누구의 꽃이 되고픈 저 가명의 불빛아래
바람 든 뼈대를 가누고, 무너질 듯 서 있다.

그림자에게

나를 따라오거나 앞서가거나 하던 너
때로 발밑에 숨어들어 익살이 늘어간다
한사코 날 따르는 너는 나를 닮을 수밖에

슬픔의 긴 손이 마음의 현을 켜며
긴 꼬리 못 사린 채 한층 비틀거릴 때
턱 괴고 생각에 잠겨 룻소처럼 살아라

빛 속에 돌아 와서 허상까지 잃는 너는
지는 해를 등에 받고 다리가 길어 졌다
성큼히 장대걸음으로 운동장을 나선다

존재의 회색빛이여 그대 손은 허실이다
고통과 기쁨의 실상마저 허구라고
그 사람 땅에 묻히자 그림자도 묻혔다

물음표를 놓고

아욱을 세워놓고 강아지풀을 뽑는 것은
강아지풀 입장에선 부당하기 짝이 없다
혼돈의 현장에 서서
흐린 시야를 꿰뚫어라.

돌아보면 퍼렇게 마디발로 뻗어가는
수억만 생명의 끈이 저마다 당당한데
뽑히는 잡초의 뿌리
완강한 이 저항.

피 흘리는 저항 앞에 푸른 날刀을 들이대고
뿌리째 뽑는 일은 또 어마나 부당한가
실존의 배리를 느끼며
텃밭을 매는 저녁.

열쇠

당신은 나를 여는 열쇠인가 싶습니다
자물쇠인 내 가슴은 아집 통이 불통이나
당신은 내 가슴을 열어 음표를 퉁깁니다

벌써부터 점지해 둔 이름이라 하셨지요
음악의 실루엣으로 시의 가슴을 읊어가는
꿈꾸는 열쇠하나가 문득 빛을 되쏩니다

음악은 내 속에서 음표를 빼올리며
녹이 슨 자물쇠를 기름 부어 닦습니다
열쇠는 내 노래를 열 나의 지휘봉입니다

겨울 하행선

널 두고 오는 길은 가슴에 피가 맺혀
서녘 산 노을빛도 타는 듯이 붉었구나
초승달 시린 눈매가 못내 시름 겨웁다

가슴에 돌 하나 숙명으로 자라난다
하행 길에 흔들리며 깨닫는 말씀하나
슬픔의 잔뿌리까지 네 몫이라 이르는

피부에 닿는 소름 심연 같은 이 고독
사는 일 난제 속에도 추적추적 비는 오고
석간의 활자들마저 난무하는 이 저녁

아, 여기쯤 복사꽃 꽃구름 져 피던 과원
분홍빛 꽃시절은 새순마다 봄이었지
이 겨울 묵상에 잠겨 벼리는 저 속뜻은

강은 말이 없다 잔결로 말려오네
절망을 갈앉히고 무심으로 누운 강은
하구에 갈꽃을 피워 새를 불러들이느니

문득 어둠 가르며 신기루가 나타나듯
땅 끝 저 먼 곳 은하수가 흐르는데
칠흑 속 겨울하행선은 꽃뱀같이 가고 있다

아픔의 잔뿌리까지

살면서 잘 못 한 게 너무도 많습니다
그때 알았으면 그때 알았다면
잘못은 아름다움으로 바꿀 수 있었을까

살면서 어쩌다가 넘어질 때 있습니다
뜻하지 않는 아픔이 뒷덜미를 잡더니
주님께 나를 끌어놓고 기도 하라합니다

잘못한 게 부끄러워 넘어진 게 쑥스러워
머리를 긁적거리며 다시 일어섭니다
아픔의 잔뿌리까지 다 사랑하려고요

그믐 밤길을 걷다

1
니퍼에 잘려나간 기억의 한 모서리
툭 퉁겨져 허공에 아슬하게 걸려있다
생각도 발이 저린 채 새벽 산에 박혔다

깊은 밤 홀로이 비수를 꺼내들고
생각의 지엽을 잘라내려는 저 몸짓
바람도 귀가 시리어 멈칫 돌아보겠다.

2
줄 배 탄 여인이 그믐밤 길 떠난다
깊은 소를 흐르는 새벽강의 물소리
어디쯤 가야할 길에 여명인들 없을까

첫 하늘같은 기막힌 희망을 보았느냐
티 묻을까 저 별조차 생각에 골똘한데
지금 막 신생의 별이 첫 울음을 울었다.

얼음 사랑

1

한라산 백록담에 그대여 내려오라
백두산 천지에 우리는 올라가리
든든한 두발로 걸어서 하나로 만나자

이산가족 이산되는 아픔의 강을 풀어
봄의 불씨 번져나라 산역 풀꽃 새로 피고
해오리 흰 날개를 타고 봄기운이 번져간다

2

사랑아 넌 아직 얼음 속에 박힌 화석
사랑아 넌 아직 빙하기의 조상새
푸드득 깨어나거라 고구려 그 하늘로

찬바람 속 갯 양귀비 평화롭게 흔들리는
백두산 천지에서 눈물뿌리며 울었다
기막힌 역사의 흐름에 활을 쏠 수 없었다.

감기기운

봄바람이 하느작 대한해협을 건널 때
애벌레 적 열병이 슬금슬금 도져 나와
여린 내 치마꼬릴 잡고 칭얼대고 있구나.

요 며칠 황사현상에 근경마저 흐리더니
풍문처럼 자자든 얼음 비늘 몇 겹이
목젖을 꽉 조이고는 함구하라 이른다.

주어야지, 손 벌린 이에겐 무어든지
비타민과 산소와 이 시대의 신음까지
춘궁기 빈혈증세로 산 목련이 피고 있다.

사과 탄 적 재채기와 무의식의 눈물과
어질 머리 쩔쩔 앓는 대만형 독감하고
끈질긴 바람 갈퀴가 지역성을 살포하다

결빙된 강이라서 못 흐를 경계인가
의사도 한의원도 처방전도 많지만
그렇다. 날 수 많은 이 병*, 앓고 치유하리라.

* 날 수 많은 이 병: 장티프스를 이른 말. 부정한 사회를 병으로 봄.

어느 맑은 아침

그대
커피 한 잔과
두고 간
장미
한 송이

하얀 종이에
써놓은
그 마음
낮은음자리

삶이란
아리따운 약속
그리움이
속삭이는.

용담꽃이 묻다

큰 재 너머 어머니 산소 가는 길가에
내 오래 좋아하던 용담꽃이 펴 있어
이 가을 맑은 하늘아래서
내 근황을 묻는다.

그윽한 꽃마음을 쪽물로 입고서서
시린 하늘 우러르며 웃고 있는 꽃에게야
나도사 따스한 눈길 주며
그냥 웃을 수밖에

산새는 맑게 울고 바람은 청량하다
산위에서 하늘 보며 어머니를 불러보면
휘영청 하늘만 푸러
나는 말을 잊는다.

옷 이야기
─옷 로비라고?

이 지음 세상에는 옷 이야기가 무성하다
옷이 날개인 슬픈 나라의 사람들은
풀숲의 이슬 그 아름다움을
아예 잊어 버렸나.

벌거숭이 임금님은 벗은 채로 옷이 한 벌
투명한 유리실로 온몸을 가리고는
딴따라 거드름 피며
나팔 불고 나가신다.

누더기 옷 한 벌로 세파를 가르신 스님*
입성 단 두벌로 사랑을 지으신 수녀님**
세상을 밝히는 옷은
먹물 빛 말이 없다.

* 성철스님.
** 마더 데레사 수녀님.

방게*, 기억의 미로에 서다

가슴팍엔 늘 파도의 무늬가 들썩였다
보름 밤 열려오는 기억의 미로마다
먼 해역 숨비소리를 이명(耳鳴)처럼 듣는다

가위 발, 게걸음 세워 인 눈 그리고 꿈
어둠의 사슬 끊고 레이더를 조준하며
기치를 높이세우고 먼 바다를 설계하다

수평선 저 너머로 가뭇한 섬 하나
자갈밭 진흙탕서도 제 본성을 찾아가
청청한 물빛을 가르고 자맥질 하고 싶다

물총새여 노래하라 저 섶을 비껴갈 때
섶과 그물 통발까지 울어 넘어 지친 끝에
물너울 푸른 이랑에 속살을 비벼본다

물과 물 벽과 벽을 거슬러 온 늦은 밤
남루를 감싸는 달빛 어머니의 자장노래
가슴에 새긴 무늬를 쓰다듬는 손이 있다

몇 구비 움쳐 넘어 샛별이 뜬 흔적위로
뚝 버틴 하구언은 콩크리트 높은 벽
전신을 버팅기던 발 바르르 떨었다

손톱 밑 피멍이드는 패자의 처절한 밤
집게발을 벼리며 풍우소리를 감지하던
저 방게, 해일을 타고 그 섬에 가고 있다.

* 방게: 바다 가까이 민물에서 알이 깨어 살다 바다로 돌아가는 바
   위 게 과의 게.

집중호우(集中豪雨)

올 듯 잔뜩 흐린 하늘 온 산하가 잿빛이다
지동 쳐 닥칠 바람 수군수군 일더니만
어느 덧 쏟는 물줄기 무릎 뼈가 무너진다

어디서부터인가 이 강의 뿌리쯤에
오류 속 탁류며 청류 함께 뒤섞이어
한바탕 둑을 허물며 소용돌이치는 흐름

호방지게 쏟는 울분 만 근심을 쓸어낼까
고질 된 신경통의 어깨뼈나 추스리며
뚫어도 뚫리잖은 수문, 이 시대의 하수처리

아 강이여 푸름 안고 도도히 흘렀던가
하구마다 적재되는 역사의 잔해들을
흐름도 목이 조이어 침수되는 저지대

쏟고 쏟아져도 맑힐 수야 없는 응혈
팔당댐 열두 수문 열고 또 열어젖혀
콸콸콸 불신을 씻을 새날은 오는가

올곧은 삶 올곧은 詩

이우걸

(시인)

1.

시인 박옥위를 우리는 일찍 만나지 못했다. 자연 연령을 치더라도 너무 늦게 문단을 노크했기 때문이다. 문단에 나온 이후에도 자신을 효과적으로 드러내지 못한 시인의 소심함과 자세히 찾아 읽기에 게으른 우리들의 과오로 크게 주목받지 못하고 지나온 셈이다. 그러나 "내 사유의 바닥까지/밑밥을 놓아두고/찌를 바라보는/가슴은 처절하다/삼행시 행간을 입질하는/무수한 잠언들"이라고 스스로 노래하는 바와 같이 온 몸을 던져 시조창작에 임

해온 열정에 놀라지 않을 수 없다. 그런데 그 놀라움이 작품으로 뒷받침되지 못하는 경우 우리는 또한 허전함을 숨기기 어려울 것이다. 따라서 이 시집은 시인 박옥위의 그간의 노작에 대한 철저한 검정의 의미를 띠고 출간되는 중요한 시집이라 생각된다.

2.

박옥위 시인의 시세계를 논하기 위해서 먼저 다음 작품들을 들고 싶다.

가을꽃 한 아름을 안아 돌확에 놓았더니
향기가 뒤따라와 그 자리를 넓히고
보고픈 얼굴이 가만히 겹쳐
눈을 잠시 감았다.

몇 점 화폭들이 가을 생각에 잠기는 동안
들국화 억새풀, 속 터진 석류 그 시린 별과 사랑
저마다 제 숨결을 익혀
가을 소리 정갈하다.

풍경 속 초막 사립 살폿 밀고 들어가

마른 장작 한 단을 풀어 군불지피고 싶은 저녁
가랑비 자욱한 재를
지금 누가 넘어오시나.

―「가을 화랑에서」 전문

불같은 시어(詩語)하나 잘근잘근 씹다가
절벽에 미끄러져 좌르르르 쏟는 사이
파다닥 거슬러 오르는
저 산천어의
잠행(潛行).

―「폭포·7」 전문

플룻이 내 그리움의 세포를 채울 동안
구멍을 빠져나간 공기는 안전하다
나비는 포물선을 그리며 빛을 쏟아내고 있다
앞치마에 손을 닦고 식탁에 와 앉는다
책장을 넘기고 미끄러져 간 하루해
이윽고 한때의 폭풍우가
나를 흠뻑 적신다.

―「플룻을 듣다」 전문

인용한 시들은 서정시인 박옥위의 언어의 향기를 감상하는데 중요한 단서들이다.

「가을 화랑에서」가 환기하는 전원적 풍경 그리고 적절한 계절감각, 안 보이는 기교가 받쳐 주는 안정되고 따사로운 분위기는 어느 시대의 독자에게도 스며들 수 있는 아름다운 상상의 공간이다.

「폭포·7」이 보여 주는 것은 신선한 시각과 절제된 언어구사 능력이다. 시조로서는 가장 기본이 되는 평시조 단수에 작자는 여러 가지 시도를 하고 있다. 초장이 없었다면 이 작품은 지나치게 평범해졌을 것이다. "시어를", "씹다"의 낯선 상상과 거슬러 오르는 "산천어"의 결합은 그래서 동적이고 신선한 시각적 울림으로 환치된다.

이미지스트로서의 박 시인을 대변해 주는 작품은 역시 「플룻을 듣다」가 적격이다. 플룻을 듣는 일은 물론 청각에 의해서만 가능한 행위이다. 그러나 시인이 이 예술적인 행위를 언어로 그려내는 경우 그 방법은 다양해질 수밖에 없다. 아울러 그 방법의 다양함만큼 시적 성공의 어려움 또한 뒤따르기 마련이다. 인용한 작품은 두수로 이루어진 평시조다. 단정하기 이를 데 없다. 그러나 이미지는 풍요롭다. 첫 수에서의 "소리"에서 "공기는 자연스런 발전이다. 초, 중장의 그런 자연스러움을 종장은 크게 벗어난다.

종장의 의외의 객관화된 이미지는 이 작품을 읽는 독자에게 적당한 자의적 해석 공간을 남겨두고 있다. 그만큼 다양한 유추의 시구이다. 둘째 수에서 보여지는 일상

적 행위의 초, 중장의 전경과 종장의 "폭풍우"는 수사의 탁월함과 더불어 풍요한 이미지의 미감을 은은히 느끼게 한다.

3.

박옥위 시인의 서정시인으로서의 모습은 앞서 인용한 작품을 통해 개괄적으로 얘기되었다. 안온한, 신선한, 화려한 이미지를 구사하는 그의 작품에 대한 신뢰와 사랑은 그러나 비단 아름답게 언어를 구사하는 것으로 단순히 파악될 수 있는 것은 아니다. 그의 작품을 관통하는 부단한 몸부림들이 독자의 공감을 얻게 될 때 깊어지는 것이기 때문이다.

탁월한 수사의 도움을 입고 있는 그의 작품을 자세히 들여다보면 언제나 변치 않는 가치관이 있다.

> 이 허방 허방이니라. 네 발의 움켜 쥔
> 한 평 땅 움켜쥔 네 소유도 허방이니라
> 소유란 가벼운 두발로 물위를 걷는 법.
> ―「소금쟁이」 전문

씻어도

손 때가 가지 않는 얼룩을

비벼보고 말려보고

오만 짓거릴 다 하다가

비로소

속 그림자임을

깨닫는

이

미망(迷妄)

-「얼룩」 전문

인용한 두 편의 시가 우리에게 동시에 환기시켜 주는 것은 무엇일까. 물질만능의 삶, 부조리한 삶에 대응하는 시적 화자의 단호한 선언과 각성이 아닐까. 「소금쟁이」에서 보여 주는 "소유"의 의미는 존재의 의미를 되새기게 하는 역설적 어법이며 이 작품이 지나치게 관념으로 읽히지 않게 하는 것은 "소금쟁이"라는 비근한 대상을 제목으로 차용하고 있기 때문이다.

「얼룩」은 그 허물을 외부세계로 들리지 않고 스스로를 향하게 하는 작품이다. 나의 삶을 타자화하거나 사회화하기보다는 스스로 껴안는 자세다. 실제로 이러한 분위기의 시는 수신의 시가 되어서 지나치게 되면 기도집처럼 종교적 색채를 강하게 띠게 될 우려가 있다. 이 시인

의 경우도 「사진을 바라보며」에서 그런 일면을 보이기도
한다. 그러나 시 전체를 관통하는 정신은 앞서 예시한 작
품들을 통해 알 수 있는 바와 같이 존재에 대한 끊임없
는 각성이다. 이러한 각성은 크게는 주체성 혹은 역사의
식과 연계되고 가깝게는 현실비판의 가락으로 나타난다.

널 만나기 위하여 너를 땅에 묻었다
흙 이불 덮어주고 자장가를 불렀다
눈떠라 그리운 이름 내 가슴의 이름아

찾아오라 네 이름 사무치게 외며 외며
내 든든한 자존심 고향의 푸른 하늘
이름도 바꿀 수 없는 부드러운 나의 속살.
　　　　　　　　　　　　　　　－「토종 씨 심기」 전문

꽃피어 돌아오다 명성황후 맑은 혼령
조선의 젖은 먼 길 훠이훠이 찾아와서
꽃 등을 켜들고 선다
모국의 길을 밝혀.
　　　　　　　　　　　　　　　－「연꽃」 전문

덩기덩 조선의 하늘로 살풋 날아올라
오월의 유채 밭을 춤추는 노랑나비

은 빛깔 가얏고 소리는 명치를 올립니다
                                    ―「나비의 꿈」 부분

나무도 살을 벼리는 겨울의 한 가운데
예리한 단검 하나 창공에 걸리었다
구석기 사내가 벼리다 둔 올곧은 눈썹 한 쪽
                                    ―「암각화와 달」 부분

　인용한 작품들은 전자의 예가 된다. "토종씨"에 대한
애착이나 "조선"이란 낱말의 빈번한 사용 또는 「남원골
엔 춘향아씨가 있다」, 「춘향각 춘향이 심정을 알랴」, 「영
산암의 명자꽃」 등이나 보기로든 「암각화와 달」은 주체
성 혹은 역사의식의 소산들이다. 박옥위 시인의 대부분
의 시세계는 이러한 의식이 그 배면에 깔려 있다. 이러한
의식을 작품화할 때 비교적 긴 호흡의 연시조를 선택하
곤 한다. 「암각화와 달」의 경우 무려 열두 수로 구성되어
있다. 한 수 한 수 구성상 완결을 요구하는 시조에서 평
시조로 열두 수를 상의 중복 없이 이어나갈 수 있다면
그것만으로도 대단한 능력이 아닐 수 없다. 더구나 선사
시대의 벽화를 오로지 시인의 상상력으로 재생하는 이
작품의 경우 대상을 투시하는 시인의 시력의 섬세함에
늘라지 않을 수 없다.
　후자 즉 현실비판의 예로 다음 작품들을 얘기할 수 있다.

거짓이 솜사탕처럼 감미로운 이 시대
우아해진 미녀가 화면에 떠오른다
잘 피운 조화 한 송이 이슬 달고 웃는데.

코스모스가 봄에 피면 순수를 잃는 걸까
고정관념을 벗어난 이 한 송이의 반란 앞에
나는 왜 이방인같이 우두커니 서 있나.

유전자 배합 복제양이 조로했다는 뒷소식
가증할 도전 앞에 무너지는 천년 질서
던지어 쌓이는 빈 껍질 발밑이 어둡구나.

　　　　　　　　　　　　　　-「조화 그 근처」 전문

이 지음 세상에는 옷 이야기가 무성하다
옷이 날개인 슬픈 나라의 사람들은
풀숲의 이슬 그 아름다움을
아예 잊어 버렸나.

벌거숭이 임금님은 벗은 채로 옷이 한 벌
투명한 유리실로 온몸을 가리고는
딴따라 거드름 피며
나팔 불고 나가신다.

누더기 옷 한 벌로 세파를 가르신 스님
입성 단 두벌로 사랑을 지으신 수녀님
세상을 밝히는 옷은
먹물 빛 말이 없다.

-「옷 이야기」 전문

자연을 자연스럽게 두고 보지 못하는 시대가 오늘이
다. 인공에 의한 속성재배, 유전자 배합, 성형수술 미인
등. 그 예를 들자면 수를 헤아리기 어렵다. 이러한 부조
리한 세태에 대한 질타를 「조화 그 근처」는 담담하게 그
리고 있다.

「옷 이야기」의 경우는 정치적 사건으로 오랫동안 나라
를 뒤흔들었던 씁쓸한 우리시대의 에피소드를 직설적으
로 그려 놓은 것이다. 이러한 시의 경우 발표 시기가 매
우 중요하다. 칼럼집처럼 이미 관심밖의 화제가 된 뒤에
작품집을 묶이면 그만큼 실감이 줄어들기 때문이다. 그
외에 「조등을 켜고」, 「결식자」, 「휘방폭포 · 2」 등에서 보
여 주는 황량한 시대에 던지는 냉소적 어조 혹은 잔잔한
분노는 비극의 상투화 혹은 분노의 상투화라는 매너리즘
에 빠지지 않으면서 세상을 바로 바라보고 살아가려는
시인의 의지의 표현에 다름 아니다.

4.

　박옥위 시인은 "시는 근본적으로 인생의 비평"이라고
한 아놀드의 견해에 공감하고 있는 듯하다. 그의 시편은
존재의 삶을 살기 위한 처절한 자기 반성의 방법이며 동
시에 부조리한 세계에 항거하기 위한 투쟁의 깃발이다.
그러나 그 깃발은 공소하지 않고 과장된 분장술을 쓰지
않는다. 즉 언어가 거칠거나 냉정하거나 쉽게 흥분하거
나 조악하지도 않다. 담담한 일사어법으로 정직하게 바
라본 세계에 대해 노래할 뿐이다. 이제 그 노래는 더 곡
진하고 더 깊어져 갈 것이다. 그러한 전망에 대한 중간보
고서로 이 시집이 독자의 가슴에 닿으리라 생각한다.

박옥위 연보

1941년	부산 중구 남포동에서 남(아버지 박도선, 어머니 김재순).
1956년	부산여자중학교 개교 기념행사에서 시가 뽑힘(안영희, 김무조 국어선생님) 문예부 활동 시작.
1957년~1958년	부산여자고등학교 조순선생님(시인)께 시를 공부함.
1958년 12월 22일	집의 대 화재(국어국문학과 진학포기−진로변경)
1959년	부산여고 문예지 『동백』에 진학 못하는 심경을 「무착륙」으로 발표.
1960년~1962년	국립부산사범대학교 가정과에 입학하여 졸업함. 중등가정과 자격증취득.
1963년~1978년	통영, 밀양, 울산, 양산 등지 초등학교 근무.
1963년~1965년	『새교실』 문예 시부문 천료 「섬」, 「코스모스」, (박남수, 황금찬. 선)
1967년~1970년	한국문인협회 울산지부에서 문학 활동 시작, 시와 수필 발표.
1968년	『경남교육』지에 시조 「진달래」 게재.
1969년	송영명과 결혼(교사, 화가<현 부산미술협회이사장>).

1978년	부산시내 초등학교로 전입.
1978년	부산교육청주최 교원백일장 참가 시. 시조 우수 가작 등 수상.
1978년~1980	국제신문, 부산일보 주최 영남여성백일장 시, 시조, 가작 수상.
1981년	물레동인 활동시작, 시조지도 받음(임영창).
1982년	『월간문학』(「목련」) 시조 가작 당선.
1983년	『시조문학』 천료 「춤」(고두동, 임영창, 이태극) 『현대시조』(「소리」)(류성규, 임영창).
1983년	한국시조시인협회회원, 현대시조회원. 부산시조시인협회회원, 부산문인협회회원.
1986년	부산여류시조문학회 창립(김상훈, 양원식, 박필상, 시인 등의 도움). (초대 회장추대).
1986년	부산여류시조문학회 창립총회 및 시낭송회 개최(비둘기예식장).
1986년~1990년	매월 둘째주 토요일 「시조모임」 주재 및 「회보 발간」(청룡, 명륜 교실).
1987년	방송통신대학교 졸업.
1987년	부산여류시조문학회 제1회시화전 개최(부산일보사 전시실).
1987년~	수필동인결성 「석필」 회원.
1988년	동인지 『풀꽃으로 일어나』(도서출판 지평) 창간호 발간.
1988년	『부산일보』(「살롱」), 『국제신문』(「뜨락」)에 컬럼 상재(각 2개월간).

1988년	국제 펜 회원 입회.
1988년~1996년	<참·새·알> 시조교실 운영 및 신문발간, (청룡, 명륜, 서동교).
1989년	동인지 제2집 『풀꽃으로 일어나』(도서출판 지평) 발간.
1990년	동인지 제3집 『산은 침묵 속에 키 크고』(도서출판 지평) 발간.
1990년	제1시집 『들꽃 그 하얀 뿌리』 상재 및 시화 팜프릿 제작 부부시화전개최(타워 미술관).
1990년	부산여류시조 제2시화전 개최(아트송 겔러리).
1990년~현재	부산시조시인협회부회장.
1992년	석필회원(수필동인).
1993년	제2시집 『금강초롱을 만나』(동학사) 상재.
1995년	성파시조문학상 수상.
1995년	부산여성문학인회 회장.
1996년~2005년	부산여성문인협회 고문역임.
1996년	교육부장관상 수상.
1996년	부산여성문학상, 본상수상.
1996년	제3시집 『유리고기의 죽음』(동학사) 상재.
1996년~2005년	금정문인협회 부회장.
1997년	초등 교감자격증취득.
1999년	명예퇴임(교직38년 봉직) 국민헌장, 목련장수장.
2000년	연대(단시조)동인.
2001년	『시조시학』 기획위원.
2001년	『기장문학』 주간.
2001년~2005년	신춘부일여성시 낭송대회 및 구연동화대회 심

사위원위촉(부산일보사)

2002년~2006년	부산교육청 주관 시조창작 교실 지도강사위촉.
2003년	제4시집 『플롯을 듣다』(현대시) 상재.
2004년	지역사회봉사 및 시조저변확대를 목표로 장전초등학교(교장, 문기웅)에서 <참·새·알> 시조 교실 속개(5월~12월, 매주 화, 목요일, 방과 후) 1개 반 편성(40명)지도.
2004년	(사)한국시조사랑협회 공로상수상.
2004년	제3회 시낭송회 <시조와 가곡>(이주홍문학관).
2005년	부산문학상수상.
2005년	제5시집 『숲의 침묵』 상재 출판기념 및 미전(부부발표회).
2005년	제9회 이영도 문학상수상.
2005년~	부산 <시울림> 시낭송회원.
2005년~2006년	국제신문 신춘문예 심사위원 위촉(시조부문).
2005년~	부산 동여자중학교 학운위 지역위원.
현재	오늘의시조학회부회장, 부산시조시인협회부회장, 국제팬부산부회장, 기장문인협회회장, 연대동인, 석필회원, 부산가톨릭문인협회회원, 시울림시낭송회회원 한국문인협회회원, 한국시조시인협회원.

참고문헌

정해송, 「현대시조의 양상」, 『현대시조』, 1985.

_____, 「응축과 확산」, 『현대시조』, 1985.

_____, 「현대주의와 이상주의」, 『현대문학』, 1988.

_____, 『우리시의 현주소』, 도서출판 해광, 1989.

_____, 「회화적 표현과 현실인식」, 『들꽃 그 하얀 뿌리』, 도서출판 모아, 1990.

이태극, 「비단결 같은 정감의 소유, 폭넓은 사유와 상상력을 가지고」, 『들꽃 그 하얀 뿌리』, 도서출판 모아, 1990.

류준형, 「자기 전개적 자아를 가진 작품」, 『부산시조』, 도서출판 해광, 1991.

_____, 「새로움의 미학」, 『부산시조』, 도서출판 해광, 1992.

임종찬, 「자연스런 시적구도」, 『겨레시조』, 1992.

_____, 「자연스런 시적구도」, 『금강초롱을 만나』, 동학사, 1993.

전일희, 「시조의 진실성과 이미지」, 『부산시조』, 도서출판 해광, 1993.

유재영, 「삶과 사랑과 별똥별의 시편」, 『유리고기의 죽음』, 동학사, 1996.

장석주, 「기억의 시학」, 『유리고기의 죽음』, 동학사, 1996.

이지엽, 「미망의 숲에 쏟아지는 금빛소나기」, 『그 산 밑에 남은 빈집』, 좋은날, 2000.

박기섭, 「금호미의 상징을 찾아서」, 『현대시』, 2001.3.

김남석, 「비움과 메움」, 『현대시』, 2001.

이경철, 「소금쟁이」, 『여우구슬을 물고 도망치는 아이들』, 서적, 2002.

김복근, 「생태주의 시조연구」, 창원대학교 박사학위 논문, 2003.

김보한, 「전통서정과 이미지 사이의 현대시조」, 『시와 현장』, 2003.

김연동, 「좋은 작품 빛나는 서정」, 『서정과 현실』, 2003 하반기.

이우걸, 「올 곧은 삶, 올 곧은 시」, 『플룻을 듣다』, 현대시, 2003.

정공량, 「시선 리뷰작」, 『시선』, 시선사, 2004.

이정환, 『이정환의 아침시조』, 2004.

김 종, 「자기 투영 또는 서정주의의 온기」, 『숲의 침묵』, 세종출판사, 2005.